I0639110

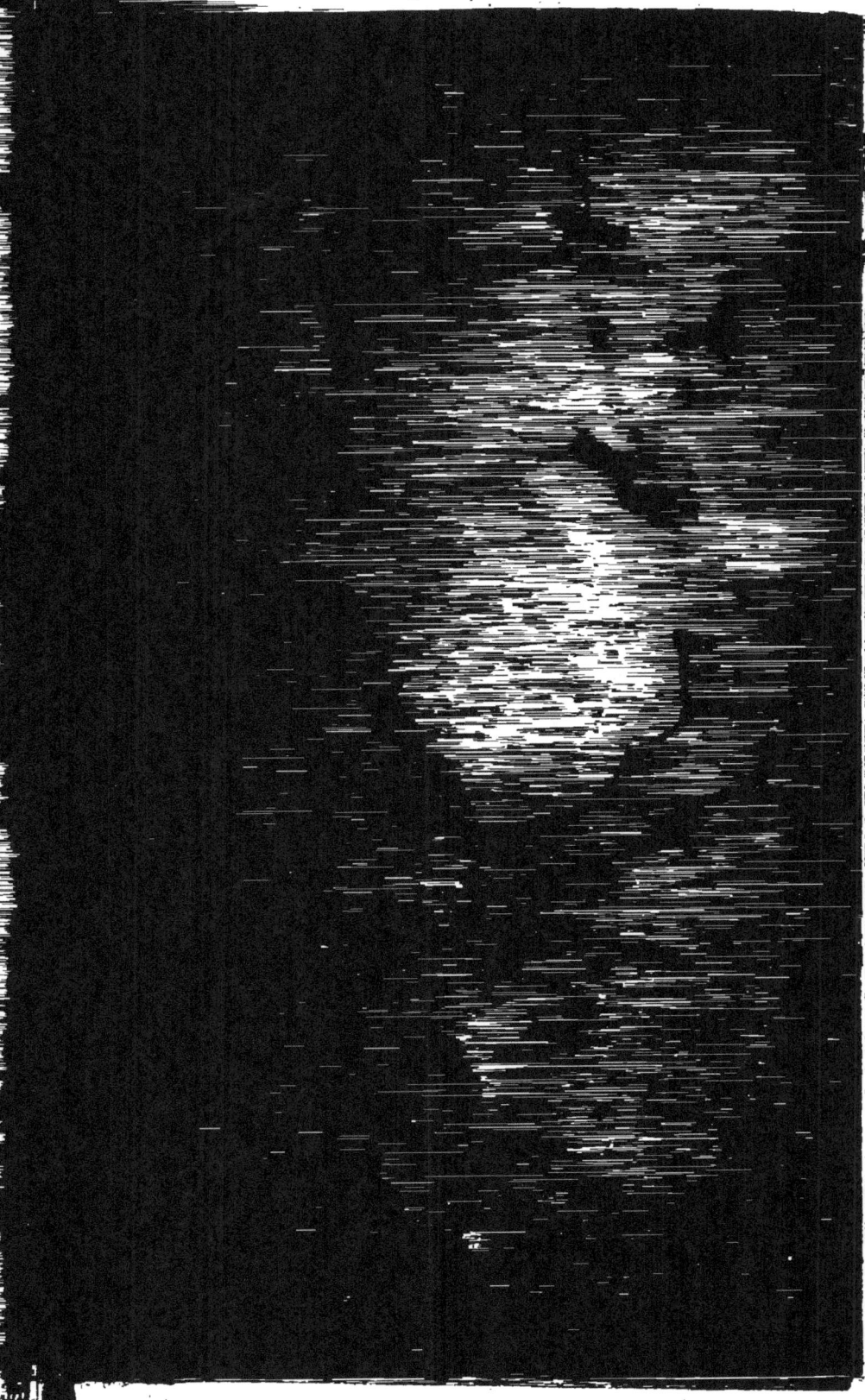

MEYER & DELAMONT

7480

LE

LION DÉSAPPOINTÉ.

—

P. IN-18 5e SÉRIE.

NOTA.

—

Cet Ouvrage a été approuvé pa
Commission des Bibliothèques scol:
et des Livres de Prix.

A ce moment, le lion prit son élan. (P. 37.)

LE
LION DÉSAPPOINTÈ

PAR

CHARLES PLÉMEUR.

LIMOGES

EUGÈNE ARDANT ET Cⁱᵉ, ÉDITEURS.

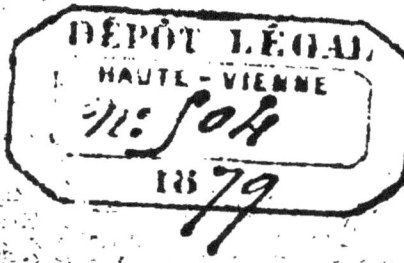

LE
LION DÉSAPPOINTÉ

J'avais pris passage avec quelques amis sur un fort beau trois-mâts, *le Martignac*, de Bordeaux. Ce navire avait pour capitaine un vieux dur-à-cuire qui s'appelait Thomas Gouluff, avec lequel il ne fallait point trop plaisanter. Si sa parole manquait de rapidité, ses gestes n'en avaient que trop, au dire de son équipage. Brave homme du reste, et surtout un marin fini !

Un jour, au mois de juillet 1854, *le Martignac* se trouvait à quelques milles du cap Frio, sur la côte d'Afrique.

Par suite d'un abominable grain, le navire avait éprouvé quelques avaries. Puis, comme cela arrive fréquemment, le calme avait succédé à la tempête, et depuis trois jours *le Martignac* restait à la même place, comme un vieux ponton.

Le commandant maugréait con-

tre le temps et invoquait fort inutilement tous les saints du paradis.
Pour comble d'ennui, l'eau se faisait rare, car le navire avait quitté
Bordeaux depuis assez longtemps.
On avait mis l'équipage à la ration
de deux quarts par jour, c'est-à-
dire environ une demi-bouteille.
Si on leur avait remplacé l'eau
par une égale quantité de vin, les
matelots sont si bons enfants qu'ils
n'auraient peut-être rien dit : mais
la ration du vin avait aussi subi
une certaine diminution. Demi-
ration et le calme, il y avait là de

quoi désespérer un équipage composé de Gascons et de Provençaux.

En s'éveillant le matin du quatrième jour, M. Gouluff s'aperçut que les courants avaient amené le navire vers la côte, et qu'on voyait le rivage à trois ou quatre lieues tout au plus. Puis la mer semblait avoir un petit mouvement de houle, comme si la brise commençait à souffler au large.

— Oh! oh! dit Gouluff, je vais envoyer chercher de l'eau; puis ce soir nous filerons dix nœuds, ou je ne suis qu'un vieil âne.

— Vous avez raison, capitaine, dit une voix à côté du marin, qui se retourna tout furieux.

— Comment, gredin ! fit Gouluff en s'avançant vers un matelot provençal nommé Anthime Géry, mais plus connu sous le surnom de Bouillabaisse.

— Pardon, excuse, mon commandant, interrompit bien vite Géry en bondissant à longueur de gaffe, je disais que vous aviez raison d'envoyer chercher de l'eau. Depuis deux jours je suis obligé de me faire la barbe avec de l'eau

de mer, et, foi de gabier, ça me
gâte le teint.

— Il faudrait un fameux pot de
brai pour le gâter, ton teint, mori-
caud, répondit le capitaine. Une
autre fois, rappelle-toi que tu ne
dois parler à ton capitaine que
lorsqu'il t'adresse la parole. Pour
te graver cela dans la mémoire,
tu vas prendre le canot et t'en
aller à terre chercher de l'eau
avec ton camarade Cadet Verlinac.

— Mon capitaine, si cela vous
était égal, j'aimerais mieux Pornic,

le novice de Douarnenez. Une fois
à terre, il pourrait se débarbouiller
en pleine eau, et, vrai, cela lui
ferait du bien, car on dirait que
ce chrétien-là n'a pas renouvelé
connaissance avec l'eau depuis le
jour de son baptême.

— C'est-à-dire que Pornic est
fort comme un bœuf, et que tu
le laisseras nager tout seul, tandis que tu dormiras tranquillement.

Probablement, nos lecteurs n'i-
gnorent pas que *nager*, dans le
langage des marins, signifie *ramer*.

—Dame, capitaine, il ne faut pas contrarier les gens. Pornic n'aime pas à se laver, c'est vrai, mais il aime à travailler : pourquoi lui ferais-je de la peine?

— Assez, cargue ta langue, bavard, et va prévenir Verlinac.

— Nous ne serons que deux?

— Sans doute, j'ai besoin de tous tes camarades pour réparer la lisse et les avaries du grand hunier. Alors décampe, fainéant.

Cadet Verlinac, de Pauillac, dit le Colleur, et son ami Anthime

Géry, venaient de terminer leur temps à bord de la même frégate. Depuis leur sortie du service, c'était le premier voyage au long cours qu'ils faisaient tous les deux, aussi portaient-ils encore en partie le costume des matelots de la marine militaire. On eût été bien embarrassé de dire lequel des deux était le plus bavard et le plus menteur. Quoique Verlinac eût gagné son sobriquet de *Colleur* à force d'inventer des histoires, Bouillabaisse pouvait fort bien lutter avec lui sous ce rapport. Tous deux étaient enfin ce que, en style de bord, on appelle des *pratiques* et des *feignants*.

Cela ne les empêchait pas de s'être bravement battus en Crimée, et d'être aimés de leurs camarades, qu'ils amusaient par leurs contes et leurs saillies. Au moment du danger, on les trouvait prêts à tout braver, et il n'y avait pas de gabier plus intrépide que Verlinac le Colleur.

— Voyons, voyons, dit ce dernier en interrompant Bouillabaisse qui lui transmettait les ordres du capitaine; avant de partir, il faut songer aux provisions.

— Le capitaine a fait jeter dans la yole du biscuit, du lard et deux quarts de vin; et j'ai deux saucissons dont un passager m'a fait présent.

— Et moi, deux bouteilles de vin qu'un autre m'a données pour une belle histoire que je lui ai contée. Emportons-les.

Au bout de dix minutes, les deux matelots nageaient vers la terre, emportant leurs provisions, plus deux seilles et une grande

2

tonne. Ils devaient la remplir à une source dont le capitaine leur avait indiqué la position à deux ou trois portées de fusil du rivage.

Anthime et Cadet étaient faits pour se comprendre. Deux autres matelots auraient tout simplement nagé de conserve, mais nos deux héros connaissaient trop bien les douceurs du *far niente* pour ne pas s'arranger autrement.

— Qui va nager ? demanda Cadet.

— Toi, si tu veux, répondit son camarade avec empressement.

— Oh ! je n'y tiens pas.

— Oui, mais moi j'y tiens.

— Tant mieux alors, conti-
nue.

— Tu ne comprends donc rien.
Je tiens à ce que tu nages à ton
tour.

— Eh bien ! je nagerai en revenant.

— Si cela t'est égal, chan-
geons : rame en allant et moi en
revenant.

— Cela ne m'est pas égal du
tout.

— Eh bien! tirons au sort à qui commencera.

— Soit; au doigt mouillé.

— Alors c'est moi qui ferai.

— Non pas; moi.

— Cela n'ira pas encore, dit Anthime en secouant la tête; nous nous connaissons trop tous les deux.

— Eh bien! alors, pair ou non; tu devineras.

— J'aimerais mieux tenir.

— Tu n'es jamais content. Voyons, pair ou non?

— Donne-moi ta main dans les miennes, je serai plus sûr.

— Pair ou non?

— Impair.

— J'ai quatre chiques : donc tu as perdu. Nage, mon vieux ; moi, je vais prendre la barre.

Une heure et demie après ce petit colloque, les deux matelots abordaient au rivage.

La plage était déserte. A deux ou trois portées de fusil de la mer commençaient des bois épais qui se prolongeaient à perte de vue dans le lointain. La source indiquée par le capitaine se trouvait, ainsi qu'il l'avait dit, à peu de distance, au milieu d'une petite éclaircie.

— Charmant endroit! charmant endroit! s'écria Anthime, qui se piquait parfois de poésie. Quels beaux arbres! quelle verdure! Vraiment, s'il y avait au milieu de tout cela quelques bastides, ce serait presque aussi joli que Marseille.

— Oui, des bastides, avec une auberge toute pleine de joyeux compagnons.

Tandis qu'ils fumaient tranquillement leur
pipe. (P. 29.)

— Tu ne comprends pas la poésie du désert, toi, répondit Géry d'un air dédaigneux. S'il avait des habitants, vois-tu bien, le désert serait la plus belle chose du monde.

— Je ne te dis pas le contraire, mais j'aime mieux les Chartrons et les allées de Tourny, moi. Dis donc, qu'est-ce que nous allons faire?

— Hem !... Sais-tu que ce sera bien lourd de rapporter la tonne lorsqu'elle sera pleine ?

— Il vaudrait peut-être mieux la

laisser ici et la remplir au moyen de nos seilles.

— Cela nous ferait bien des voyages.

— C'est vrai.

— Voyons, quel moyen emploierons-nous?

— Si nous commencions par déjeuner. J'ai l'appétit ouvert et l'intelligence bouchée.

— Moi aussi.

— Suis-moi bien. Une fois l'appétit fermé, l'intelligence s'ouvrira tout naturellement.

— C'est juste ce que tu dis là.

Ils aperçurent un lion magnifique qui arrivait
au grand trot. (P. 33.)

— A table, alors.

En vue du rivage, les deux amis étalèrent leurs provisions sur l'herbe, le biscuit, le lard, les saucissons et les deux bouteilles. Puis ils s'étendirent sur le gazon et déjeunèrent.

Lorsqu'ils eurent achevé de déjeuner, et tandis qu'ils fumaient tranquillement leur pipe en s'appuyant contre la tonne qui les protégeait contre le soleil, un bruit qui ressemblait au grondement du tonnerre dans le lointain vint frapper les oreilles des matelots.

— Qu'est-ce que c'est que ça? dit Anthime, qui resta la bouche ouverte et le couteau levé.

— Le tonnerre, donc !

— Dans ce maudit pays, on ne connaît plus rien au temps. On dirait qu'ils ont des tonnerres de rechange.

Un second grondement plus fort et plus rapproché fit tressaillir les deux matelots.

— Ohé ! s'écria Verlinac, le tonnerre est donc descendu se promener à terre aujourd'hui ?

Ici, un troisième grondement

Cachons-nous derrière la tonne, dit Anthime.
(P. 33.)

beaucoup plus rapproché fut la réponse.

Cette fois nos deux héros se levèrent brusquement. Ils aperçurent à vingt-cinq pas d'eux un lion magnifique qui arrivait au grand trot, l'œil en feu et la crinière flottante.

Ils voulurent prendre la fuite, mais le lion avait déjà passé entre eux et le rivage. Chercher à gagner la forêt, ils n'en avaient plus le temps. Que faire? que devenir?

— Cachons-nous derrière la

tonne, dit Anthime; peut-être ne
nous verra-t-il pas.

— Et son nez, mon pauvre
vieux; il nous sentira bien. D'ail-
leurs, il nous a déjà vus.

A l'allure et à la direction de
l'animal, la chose n'était que trop
évidente. En un clin d'œil, le lion
fut à dix pas des matelots cachés
derrière la tonne. Les pauvres gar-
çons n'étaient pas à la noce. Leurs
cheveux se dressaient sur leurs
têtes; une sueur froide couvrait
leurs fronts.

Arrivé près de la tonne, le lion

Les deux matelots se hâtèrent d'appuyer de toute
leurs forces sur la tonne. (P. 37.)

s'arrêta, puis il poussa deux ou trois rugissements de fort mauvais augure.

— O Notre-Dame de la Garde! s'écria Géry, si j'en réchappe, je vous promets un cierge gros comme la tête de cet animal-là!

A ce moment, le lion prit son élan et bondit contre la tonne avec tant de violence, qu'en se débattant il la renversa sur lui. Les deux matelots, le voyant pris au piége, se hâtèrent d'appuyer de toutes leurs forces sur la tonne, afin de la maintenir sur le dos de leur ennemi; le lion leur envoyait de temps en temps des coups de griffe dont ils avaient grand'peine à se garantir. Verlinac prit le parti de monter sur la tonne, et son ami l'y rejoignit promptement. Mais, quoique passablement encagé cette fois, le lion ne paraissait nullement disposé à rester dans sa prison. Il se démenait comme un enragé, et jamais les deux matelots n'avaient éprouvé un tangage pareil à celui que l'animal furieux imprimait à sa carapace improvisée.

— Il va nous jeter par terre,

— Tiens ! qu'est-ce donc qui s'agite là ?
fit Verlinac. (P. 41.)

c'est sûr, s'écria Cadet en joignant les mains.

— Et une fois à terre, il nous dévorera, répondit Anthime.

— Tiens! qu'est-ce donc qui s'agite là? fit Verlinac en montrant une sorte de panache fauve qui s'agitait tout près d'eux.

— Eh mais!... fit Anthime, eh mais! c'est sa queue!

— Tiens! c'est vrai!

— Elle a passé par le trou de la bonde.

— Vois comme elle frétille..... Oh! là! là!

Une terrible secousse av ebranlé la lourde tonne, qui était, par bonheur, retombée sur le lion.

— Une idée! s'écria Bouilla baisse.

— Bonne?

— Sans doute. Il faut lui faire un nœud, à cette queue.

— Fameux! Eh bien! bon, je m'en charge.

Verlinac sauta à terre et se mit en devoir d'exécuter l'idée de son compagnon. Ce ne fut pas sans peine qu'il y parvint. Le lion, probablement peu soucieux de sa toi-

... ac se ... ... devoir d'exécuter l'idée
... de son compagnon. (P. 42.)

lette, se montrait fort récalcitrant
à l'endroit des embellissements
qu'on était en train de faire à sa
queue. Il la secouait vigoureuse-
ment, et protestait par des bonds et
des rugissements épouvantables
contre cette frisure intempestive.
Cependant le nœud fut fait. Le
lion fit tant et si bien qu'il finit par
renverser la tonne et maître Anthime, qui criait comme si on lui
eût arraché l'âme. Les deux matelots se crurent perdus; mais, à
leur grande joie, le lion, au lieu
de s'élancer sur eux, prit la fuite

à toutes jambes. Malheureusement
pour le féroce animal, l'ornement
inusité qu'il traînait après lui gê-
nait beaucoup la liberté de ses al-
lures. Chaque fois qu'il prenait son
élan, la tonne venait lui frapper
les jarrets et lui faisait faire les
plus étranges culbutes. Il avait si
bien perdu la tête qu'il se dirigea
d'abord du côté de la mer. Jamais
Auriol ou Boswell n'ont fait de
cabrioles pareilles à celles du pauvre animal. Il poussait des rugissements affreux, mordait le sable
et se tordait en tous sens comme

...nde joie Réban, au lieu de s'élancer sur eux, ...t la fuite à toutes jambes. (P. 45.)

une couleuvre dont on écrase la queue.

Les deux matelots, ivres de joie, s'étaient empressés de courir à leur canot; lorsqu'ils virent revenir de ce côté le lion qui s'avançait par les plus incroyables zigzags, ils lui lancèrent des pierres accompagnées de toutes les injures que purent leur fournir les riches vocabulaires de la Gascogne et de la Provence.

Moins humilié sans doute de ces injures que chagriné de la tonne qu'il traînait toujours, le lion fit

4

volte-face et s'enfonça dans la forêt.

Comme on le pense bien, nos deux héros n'attendirent pas son retour; ils s'embarquèrent bien vite et revinrent à bord.

— Et l'eau que je vous avais envoyé chercher? leur dit le capitaine, qui remarqua tout de suite l'absence de la tonne dans l'embarcation.

Anthime se gratta l'oreille.

Verlinac en fit autant.

— Raconte la chose, toi, dit le Provençal

— Non, toi plutôt ; tu parles bien mieux.

— Ah ! peut-on dire ! tu es trop modeste.

— Ah çà ! vous moquez-vous de moi, à la fin ? s'écria le capitaine d'une voix de tonnerre.

Il fallut s'exécuter.

Verlinac prit la parole et raconta l'histoire que nous venons de rapporter, et que nous tenons de ce véridique matelot.

Au lieu de s'apitoyer sur les dangers qu'avaient courus ses deux matelots, Thomas Gouluff entra dans une colère épouvantable. Il prétendit que toute cette aventure avait été inventée par les deux compères afin de dissimuler leur paresse.

— Vous n'aurez pas voulu vous donner la peine de remplir la tonne, leur dit-il, et vous l'aurez cachée quelque part; mais on ne se raille pas ainsi du capitaine Gouluff.

En dépit des protestations d'Anthime et de Cadet, il les condamna à passer deux nuits sur les barres de perroquets.

Verlinac voulut hasarder une observation.

— Voyons, dit Gouluff, file ton nœud sans répondre, ou je t'en flanque pour quatre nuits.

Or, comme nous venons de le dire, toute l'histoire qui précède nous a été racontée par le *Colleur*, à moi et aux autres passagers réunis.

— Vous comprenez, Messieurs, ajouta Verlinac en terminant son histoire, que je n'ai pas essayé d'autre explication et que j'ai filé lestement ; mais cela n'empêche pas que toute cette histoire ne soit vraie, voyez-vous, aussi vraie qu'il est vrai que je fumerais bien une pipe si quelqu'un voulait me faire cadeau d'un paquet de tabac.

Un de nous alla chercher dans sa cabine ce que demandait le matelot. Dès que Verlinac vit que nous ne faisions plus attention à lui, il frappa deux fois du plat de sa main sur la barre en disant la première fois : *Cric*, et la deuxième *crac*.

— Et *colle*, dis-je en me retournant et en frappant le troisième coup.

— Bah! dit-il, histoire de rire, il faut bien s'amuser un peu ; mais, d'honneur, ça vaut bien un paquet de tabac.

LUTTE D'UN CHASSEUR

CONTRE UNE LIONNE.

La bête triomphe en Algérie ;
elle est l'élément obligé de toutes
les conversations. A déjeuner on
vous sert le lion ; la panthère est
réservée pour le dîner, et, à la col-
lation, on se contente du chat-
tigre et de la hyène. Avoir vu le
lion équivaut à avoir vu le loup en
France. Les tueurs de bêtes féroces

sont donc choyés et recherchés.
Ce sont les penseurs et les artistes
du pays. Leurs exploits passent de
bouche en bouche. Celui dont je
vais parler est complètement in-
connu ; il a perché son nid d'aigle
sur un plateau de la forêt d'Aïn-
Sanour, qui roule ses chênes-liéges
et fait ruisseler ses ravins de verdure jusqu'à la plaine de Souk-
Arras, l'ancienne Thagaste. Mon
tueur de lions et de panthères se
nomme Ahmed-ben-Amar ; il est
né au Keff en Tunisie ; il est d'o-
rigine mulâtre ; aussi l'appelle-t-on

souvent le *Négro*. De ...
prouesses de cet intrépide ch...
il en est une que je veux vou...
conter :

« Ben-Amar gravissait en ...
jour une petite montagne ...
couverte d'épaisses broussail...
lorsqu'à trente pas de lui il ape...
une lionne entourée de ... qu...
lionceaux assez forts. Résolu...
rapide comme la foudre, il ...
aussitôt sa lionne, la frappe d...
balle qui lui traverse l'épaule...
lionceaux effarés se sauvent, ...
mère s'enfuit d'un autre côté. M...

selon son habitude, le *Négro* avait promptement rechargé son arme et était arrivé à temps pour couper à la lionne le passage du sentier qu'elle suivait, en laissant sur ses traces une traînée de sang. A cinq pas d'elle, il tira un second coup de fusil, qui lui traversa le cou. Rugissante, elle bondit sur Ben-Amar, qui tomba et roula sur son poitrail. L'intrépide Arabe, à terre, ne perdit pas la tramontane; il sortit un couteau de sa gaîne fixée à sa ceinture, et chercha à poi-narder la lionne; mais n'ayant pas assez de jeu, son couteau glissait sur le poil de son ennemie. Ben-Amar appartenait sans défense possible à la fureur de la lionne, qui le traîna au bord d'un profond ravin et le lâcha sur la pente de l'abîme. Ben-Amar s'accrocha à quelques touffes d'*alfa*, en serrant convulsivement dans sa main le couteau qui jusque-là lui avait été inutile. La lionne s'assit en rugissant devant lui comme pour le narguer. Le *Négro* répliqua à ses rugissements par les plus outrageantes épithètes qu'il put trouver dans son répertoire, la taxant de lâcheté et de félonie, si bien que la lionne se jeta sur l'Arabe, lui enveloppa la tête dans son haïk, et fit disparaître tête et haïk dans sa mâchoire. Amar labourait inutilement d'inoffensifs coups de couteau les flancs de son ennemie. La lionne, après avoir donné un coup de gueule au dur crâne d'Ahmed, — qui conservera toujours sur son crâne la glorieuse couronne creusée par les dents de la lionne, — lâcha la tête du chasseur, le reprit avec ses griffes à la cuisse, et le

tint ainsi suspendu a...
l'abîme. Par un mouve...
gique, dont est seul capable...
me de sa force musculaire,
Amar, réunissant tous se...
dans ce danger suprême, se r...
et plongea son couteau ...
gorge de la lionne, qui s'ab...
râla. Ben-Amar tomba m...
côté d'elle; le sang coula...
damment de ses cinq ou ...
sures. Il perdit connaissan...

» Concevez-vous un pl...
rieux spectacle de la pui...
humaine que cet Arabe, ...

sur la limite d'un abîme, aux côtés du terrible animal que son héroïsme a vaincu?

» Revenu à lui, Ben-Amar, en- sanglanté, eut le courage de se traîner sur ses pieds et sur ses mains jusqu'à un douar, d'où il fut transporté à Souk-Arras. C'est à peine s'il avait figure d'homme. Les coups de griffe et les coups de gueule de la lionne l'avaient mutilé. On fut obligé de lui extraire eux petits os fracturés du bras droit; son crâne était percé à jour, et les quarante francs que le bureau arabe lui donna, en récevant le corps de la lionne, suffirent à peine à payer ses médicaments.

» L'intrépide Arabe a tué la plupart de ses trente-neuf lions à la face du soleil, sans se servir d'aucun appât ni employer aucune ruse, armé d'un couteau et d'un fusil, en poussant droit sur l'animal, qu'il attaque souvent corps à corps. »

FIN.

Limoges. — Imp. E. ARDANT et Cie

www.ingramcontent.com/pod-product-compliance
Lightning Source LLC
Chambersburg PA
CBHW070821260626
47161CB00006B/2360